청어詩人選 177

# 바다 사냥꾼

김종선 시집

청어

청어詩人選 177

# 바다 사냥꾼

김종선 시집

## 글놀랑(시인)의 말

서정시가 흐르는 오월
아침 시간에 물을 주어
꽃을 피우는 꽃의 신이 말했다.
"자세히 봐야 예쁘다는 나태주처럼
모자란 시심 2프로 채워보라"고
애를 써도 2프로를 채울 수가 없어
남원골 복효근 시인을 찾아가 물으니
"초등학교도 못나온 둘째형 알아보는
시를 쓰다 보니 2프로 채워지더라"고
새벽에 운동장을 돌면서 모자란 2프로
생각에 골몰한 나를 본 소사나무의 새가
"2프로를 채우려면 나처럼 날아보라"고
새도 아닌데 미친? 그래 미쳐야해.

– 「2프로 모자란 시」 졸시 전문


낯선 순우리말 시 읽어보려 그간 힘들었다고 말하는 꽃의 신인
아내를 위해 읽기 쉬운 시 쓰려고 애썼지만 또 2프로가 모자란다.
재주 없는 시인 어쩔 수 없나 보다.

감뫼

# 차례

## 5부

1부

# 용서하라

광화문 광장에
촛불을 켠 그대
그대가 민주화를 외칠 때
노동자는 불철주야 도로를 넓히고
공장을 세우며 땀방울을 흘렸노라고
대통령이라도 감옥살이 시키는 촛불나라
촛불에 쫓긴 강물이 다른 쪽으로 흐르며
머리 돌리고 갈대를 흔들며 흐느끼는 강변
물과 물이 몸을 부대끼며 한 목소리가 되어
통일의 초석을 놓아 하늘의 뜻 물어야할 이 때
좌로 우로 다른 길로 물결치는 강물의 불협화음
나라를 어지럽힌 죄 한 없이 미운 사람들이지만
허물 묻지 말고 우리 서로 웃어보면 안될까
나랏일로 싸우다가 밖에 나오면 술잔 나누는
일흔 번에 일곱 번까지라도
다 용서하는 민주주의 정신 따라
다른 길을 가는 두 강물이 서로 만나
가진 것 다 내려놓고 맺힌 끈 풀고 사랑하며
큰 바다 물결로 도란도란 어울릴 때까지
촛불 켜 들고 나는 새벽기도 멈추지 않으리.

# 발화

혹독한 겨울 억울한 감옥살이
재판을 받고 풀리는 죄인처럼

영어에서 풀려난 민주주의가
광화문의 불꽃환호성이 되는

오월에 풀린 향기에 홀린 내가
바다 건너는 나비처럼 꽃길 헤매는

칼새*가 구름을 뚫고 날아올라
밤하늘의 별이 되어 다스리는

꽃에 갇혀 감옥살이하는 꽃나비처럼
오월은 돌멩이도 꽃을 피워 향기롭다.


*칼새 : 반 년 넘게 계속 비행하는 새를 찍으려는 카메라가 구름 속에서 늘 놓치
　　　는 기이한 새

# 태권도 정신

태권도는 한얼 한글을 지구촌 곳곳에 심은 늘푸른 나무
모아서기 편히서기 주춤서기 자세로 정권 내지르고 막기,
준비 자세에서 스텝을 밟아 앞차기 비틀어 돌려 차는 유연한
옆차기 손놀림, 벌처럼 날아서 쏘는 빠른 움직임, 나비처럼 꽃잎에
사뿐히 내려앉는 태권 품새는 무술이 아니라 춤사위, 지구촌의
태권도 한얼맘[1]은 소나무처럼 푸른 가지에 시원한 그늘을 늘여
심령이 병든 영혼에 생수의 강 흘리는 조선의 자랑스러운 새뜻[2]
새얼[3] 품새이니 태극 품새 정권 내지르는 내 피에 젊음이 돌아 드
높 금강 품새 꿈꾸네.

1) 한얼맘 : 한국인의 정신
2) 새뜻 : 창조
3) 새얼 : 문화

# 영산홍

완산칠봉 동쪽 끝자락
영산홍은 세월호의 혼령

붉게 타오른 어느 꽃보다
예쁘게 피어날 아들딸들

물길 천 리 하얀 울음 매달고
까마득한 수평선 물결이 되어

어둠이 어둠에 갇히는 오월 하늘
못다 핀 영혼 애달파 꽃을 피우는

산에 오른 사람들 영산홍 붉은 바다
음절 없는 세월호의 아우성을 듣네.

# 메이데이 여기는 하바다*

바다의 119라 부르는 어업통신사가 모인
대천 모래펄에 밀려오는 바다에 젊은 송 기사
"돈돈돈 쓰쓰쓰 돈돈돈" 모르스부호를 날리니
"메이데이 여기는 하바다" 곧바로 응답 신호

바다가 밀물에 밀어 보낸 기름때 묻은 비닐통발은
지구촌 쓰레기에 눌려 숨 막혀 죽어가는 바다 밑
적조의 궁창에 쓰레기더미가 썩어 열기 내뿜는 현장
죽음의 바다가 지구촌에 타전하는 긴급한 구조신호

바다는 실종된 물고기 이름 부르며 SOS를 날리고
군산 정보통신국은 긴급보고제도 구조팀 꾸리는 중.

* 하바다 : 서해 바다

16

# 달맞이꽃

달을 사모하여
달밤이면 몰래
열리는 처녀 젖가슴
슬며시 더듬는 달빛
밀물처럼
한 치 한 치씩
차오른 사랑
일원상을 그린 뒤
한 치 한 치씩
반쪽이 되는 달
멀어지는 사랑에
애끓는 달맞이꽃.

# 조개

썰물 빠져간 갯벌
집 나온 조개 하나
에스 자를 쓴 긴 발자국
삐틀 빼틀 금줄을 밟아
더듬더듬 더듬어간 갯벌
파도소리에 넋 빠져
밑구멍 쩍 벌린 맨살
열나게 문지르는 햇살
살이 살을 살살이 살살
황홀경에 빠진 암조개
열애의 장면 엿보던 사내
거시기 흥분되어 몽정하네.

# 용머리 고개

세밑 용머리 고개 함박눈 쌓일 때
눈 덮인 빙판 미끄러운 오르막길
폐지 한가득 실은 짐수레를 끌고
한 뼘 한 뼘 오르는 등 굽은 할배
보고도 못 본 척 지나는 삭막한 거리
내 아버지처럼 할배 무척 힘겨워 보여
단숨에 달려가 손수레 밀고 끌고 힘들게
함박눈 쌓이는 고갯길 숨차게 기어오르며
짐이 무거워 늘 뒷걸음치던 아버지의 짐수레
끝끝내 못 밀어준 아픈 마음 속죄하듯 밀어주니
고마워하는 할배, 내 아버지 같아 한 말씀 올리네
"힘겨운 황혼의 짐수레 고갯길 험하니 돌아가세요."

# 그 해 겨울

그 해 겨울에 나가
악마의 참모습을 본,
꽃처럼 향기 나는 순한 양이
독사처럼 마귀 모습으로 바뀐,
하나님 말씀 듣는 강단에 올라
목자를 물어뜯는 악귀 형상을 본,
추운 혹한을 견딘 성령의 현장에
매화꽃 향기로운 봄날이 오는
장편 소설을 쓰고도 남을 내용
생생한 이야기 내가 알고 있지.

# 한란

천연기념물 제191호 제주한란
한라산 남쪽 시오름 선돌 돈네킨
산자락 눈보라를 견디고 피는 꽃
천 리 너머 냄새를 풍기는 맑은 향
녹색 홍자색 꽃말은 '미인 귀부인'
맑은 공기 들내 쉬는 산골의 풍김새
한라 삼부능선에 뿌리를 내린 한얼
맑은 향기로 온 누리 마음을 씻기고
맑은 향기가 바람 타고 천 리를 가는
한란처럼 향기로운 서정시 쓰고 싶다.

# 4월에 피지 못한 꽃

"춤과 웃음 서러울 것 없는 것들 옆에서 어린 것들에게 서름 같은 걸 가르치지 말고, 별을 보여주고 종소리를 들려줄 일이다"
4월의 꽃 흐드러진 상리과원 때까치 비비새 벌 나비 꽃숭어리 어느 것
슬픔이란 게 깃들지 않는다는 미당이여, 사월의 꽃잎 일그러진 얼굴 보오
십자가에 못 박힌 예수, 광주의 한 맺힌 혼령, 세월호에 갇혀 피지 못한 꽃들,
죽창 든 봉준이 형, 비명에 간 피맺힌 붉은 꽃잎 앞에서 펑펑 울고 싶은 4월,
춘수 시인은 "너도 아니고 그도 아니고 아무것도 아니고 아무것도 아니라는데."

# 살구꽃 함부로 꺾지 마

억센 사내 손에 꺾여
꽃병에 꽂힌 살구꽃
뿌리가 생각나는 아픔
꽃병에 상처를 묻고
소리죽여 우는 속울음
꽃망울 막 맺힌 꽃송이
장애의 서러움 딛고
며칠 더 살고 싶어서
무진 애쓰는 시한부 삶
피우다만 꽃 겨우 피우네.

# 송소희 봉숭아

봉숭아는 어릴 적 누님
예쁜 손발톱 메이크업

토요일 밤 불후의 명곡
명창 송소희의 봉숭아

붉은 손톱 붉은 입술 붉은
꽃 찾아가는 흰나비처럼

"이별이야, 이별이야"
꺾어지는 소리의 뼈

높은음자리표에 뻗친 한
우레 치는 우리가락의 넋.

# 4월에 내리는 비

활활 산불처럼
푸르게 치솟는 불길
휘발유 끼얹어 무섭게
타오르는 4월의 불꽃
불길을 잡으려는 듯
물을 뿌리는 하늘나라 119도
불길 못 잡고 푸르게 타오르는
열아홉 살 물오른 사랑의 불꽃.

# 개부랄꽃

엄뫼* 오름길
연푸른 들꽃
이슬처럼 초롱한 눈
향기로운 들꽃소녀
꽃바람 여린 리듬의
꽃잎에 끌려가는 나비
여린 음 흐르는 골물에
어울림 소리 빚는 개부랄
꽃망울 펑펑 터지는 바람기.


* 엄뫼 : 모악산

# 어울림 소리<sup>*</sup>

어울림 소리가 테베쏘알 한마음 한목소리로 어울려
향기로운 꽃을 피우려는 피아노 지휘봉에 순종하는
주일 아침 합창단에게 지휘자가 목소리 높여 한마디
"합창이 혼신을 기울여 심령을 우려내 깊은 강물처럼
맑은소리를 빚으려면 튀는 테너는 베이스로 옮겨가라"
테너는 가성으로 베스는 배에 힘을 주라고 소리치며
지휘봉이 팔자를 그리다가 불협화음에게 또 한마디
"소리 질러 길게 빼는 목소리는 독창할 때 내는 소리
합창은 목소리를 죽여서 화음을 이루어 가는 것"
피아노소리에 화음이 꽃봉오리 맺으려는 때 또 한마디
"어울림 소리는 박자가 맞아도 영혼이 실린 합창이라야
듣는 사람이 은혜 받고 하늘도 감동 하는 것을"
어울림 소리는 호흡 표정 입모습 똑같이 사분음표에 점
하나 찍은 것은 화음의 묘미를 살리려는 작곡가의 의도
탱고를 추듯 스타카토 사박자 점 하나로 합창단에 들어간
내 목소리는 성령 가득 못 실은 탓에 불협화음을 빚네.


* 어울림 소리 : 화음

27

# 사랑탈*

나비 한 마리
꽃을 찾는 봄날
끼니도 굶은 채
며칠째 앓는 환자
의사도 못 고치는
마음의 병
꿀벌 한 마리가
침놓아 고친 누님
별 탈 없이 잘사네.


* 사랑탈 : 상사병

# 자화상

바람에 눈이 생긴 한생
바람을 맞아 부대끼면서
빈 뜰에 심은 감나무 한 그루
봄에 감꽃 여름 날 그늘을 베풀며
홍시로 열렸고 헐벗는 겨울나무처럼
나이 들며 하나둘 삭정가지 진 나무
뼈에 바람 든 시린 몸 잠 못 드는 밤
복받쳐 오는 한숨에 퍽퍽 내리는 눈처럼
겨울 산자락 뒤안길 빈대로 서걱이는 나무
목마름 채워가며 불길처럼 타오른 성령이
우주공간에 빛나는 많은 별들과 눈 맞추며
이웃들과 뜨겁게 사랑한 그 젊음이 그립다.

# 덕진 연꽃

덕진 공원의 연꽃
잎사귀에 굴러온 진신사리
구슬처럼 아침햇살에 구르다
높새바람에 또르르 떨어진 연못
달빛 비춰 물속 굽어 살피는 달님
사리 굴러간 연못에서 연꽃을 보네.

# 민들레

삼월 하늘 빈들
노랑꽃 민들레는

잉태할 씨앗을 품고 훨훨 날아
빈 하늘 가득 채울 복음의 씨앗

아주 먼 곳으로 날아가기 위하여
태풍처럼 센 바람 불어오리라는 믿음

한 알의 씨가 떨어져 뭇 생명 살릴 수 있다면
십자가 아픔으로 산산이 부서진들 어떠리

새 땅 새 하늘에 향기로운 꽃 피우려고
길 뜨려는 선교사처럼 바람을 기다리네.

# 지리산 옹달샘

三神山 땅 맘 뽑아 올린 정화수로
하늘빛 수정체를 빚은 맑은 눈동자

흰 구름 속에 낮달 흘려보내는 물비늘
봄에는 꽃잎 가을에는 붉은 잎 띄우는

숲속 가지가지 울며 날다 목마른 산새
목축이고 물장구치며 한참을 놀다가는

頭流山 자락 홍보석처럼 알알이 달린 감나무
가지에 걸려 물큰 익은 사랑 맘 물결치는

천지가 가물어도 마르지 않는 삼신산 샘물
옛 시인의 시조처럼 뻐꾸기 진양조가 흐르는

밤에는 달님 별님 다 내려와 목욕하고 가는
三仙山 사계를 노래하는 임의 섭리 신비로운

젊을 때 세 친구 지리산 천왕봉 길에 혼자
똥 누다 길 잃어 허기진 날 살린 옹달샘 물

智異山의 눈동자 고마운 옹달샘 찾아보려고
지도를 훑어봐도 산중 샅샅이 뒤져도 없네.

# 2프로 모자란 시

서정시가 흐르는 오월
아침 시간에 물을 주어
꽃을 피우는 꽃의 신이 말했다
"자세히 봐야 예쁘다는 나태주처럼
모자란 시심 2프로 채워보라"고
애를 써도 2프로 채울 수가 없어
남원골 복효근 시인 찾아가 물으니
"초등학교도 못나온 둘째형 알아보는
시를 쓰다 보니 2프로 채워지더라"고
새벽에 운동장을 돌면서 모자란 2프로
생각에 빠진 나를 본 소사나무의 새가
"2프로를 채우려면 나처럼 날아보라"고
새도 아닌데 미친? 그래 미쳐야해.

# 혼불* 켜는 대바람소리

竹谷 마을을 둘러 싼 왕대 잎의 물소리가 싸르락
싸르락 쏴와 빈대에 차올라 속울음 흐느낌 소리로
궂은비 내리는 날 빗소리에 젖어 사운대는 소리로
저희들끼리 허리가 휠만큼 몹시 성나 지른 소리로
잎잎 낱낱이 푸른 날을 번득이는 날카로운 소리로
달 없는 깊은 밤 우수수 별무리 흔든 퉁소 소리로
梅蘭菊竹 사군자 중에 대실 마을에 혼불을 켠 매화,
윤선도 오우가에 사시절 푸르른 육자배기 소리가락
대바람소리로 살고 간 여자, 피리가락 구슬픈 혼불
소설가 명희 그리워 대실에 가면 싸르락 쏴아 흐르는
대바람소리가 살구꽃길 길손의 정신에 혼불 밝히네.


* 혼불 : 최명희 소설에서 빌어온 대 바람

# 한벽루

꿈듯빛[1] 흐르는 한벽강
빈 낚시 붉은 찌 세워
읊놀[2] 한 수 낚으려는
백로 한 마리
가을하늘 흰 구름
구만리 먼 기억의 강
선현들 발자국 더듬어
현을 타는 가야금 명인처럼
깊은 생각 속에 빠져 있네.

1) 꿈듯빛 : 낭만
2) 읊놀 : 시조

# 호남 아구탕집

한강으로 흐르는 은평구 샛강
남쪽 골목 호남 아구탕집 주모 왈
"아귀로 말할 것 같으면 용왕 오른팔로
큰 입 벌린 용트림에 파도가 높아지고
큰 외침소리에 은하의 물 쏟아진다는 겨"
전라도 사투리에 술맛 절로 나는 밥집
전라도 경상도가 함께 드나드는 골목
삼십 년을 하루같이 펄펄 끓이는 아구탕
간밤 과음한 뱃속 뻥 뚫어내는 탕국물
한사발로 왼 종일 쌓인 스트레스도 끝
주거니 받거니 막걸리 몇 잔 거나해지면
정치꾼 경제 실업자 북미 트럼프 어쩌고
캄캄한 이야기만 떠들다 가슴이 답답해
툭 복받친 경상도 사투리 전라도 사투리
한목소리로 "우리의 소원은 통일 꿈에도 소원"
주모 거짓말처럼 삼팔선 장벽 팍 무너뜨릴
남북 한목소리가 뭣땀시 힘들어지는 것인지.

# 지렁이를 기림

흙에 뿌리를 가진 생명은 다 머리 숙일지어다
땅 속 숨구멍 트고 물길 내는 생명의 은인에게

경제를 살리고 먹여 살린 노동자를 비웃는 것처럼
말없이 땅굴을 파는 신성한 막노동을 비웃지마라

여름 가뭄 땡볕에 죽어가는 절망의 현장에 나타나
숨길 터 새 생명의 기쁨을 준 게 누군지 생각해 봐

비만 오면 미쳐 떠도는 시인처럼 감성에 푹 젖어
길 아닌 낯선 길 찾아 하늘 밖으로 기는 三步一拜

한 뼘 기어 풀잎에 이슬을 맺는 사랑의 세레나데
한 뼘 기어 천지에 내린 어둠을 밝히는 별빛 행보
한 뼘 기어 비바람을 불러 매마른 땅 적시는 사랑
한 뼘 기어 하늘의 말씀을 받아 시편을 읽는 목자

한 뼘 한 뼘 기어 빈 하늘을 밟는 무한구도 막지마라.

# 한듬삼[1]

자람골[2] 뒤란 빈대로 서걱이는 댓잎 소리못[3]은
비빌이[4]로 밤을 밝힌 선비의 반만년의 한듬삼
휘모리 자진모리 새뜻 여린 음계 새얼의 소리가락
마하바다[5]에 풍랑을 일으키는 절로울[6] 삼시랑듬[7]
삼시랑 고추 심어 여름지이[8] 꽃이 피는 멋말체[9]
마하바다로 가는 강물소리가 물결치며 흐르는 竹谷
흘때[10] 리듬에 갈잎 바장조 소리놀[11] 빚는 자람골.

1) 한듬삼 : 한국인의 삶
2) 자람골 : 고향
3) 소리못 : 음정
4) 비빌이 : 빌다
5) 마하바다 : 佛의 바다
6) 절로울 : 자연계
7) 삼시랑듬: 생명
8) 여름지이 : 농사
9) 멋말체 : 낭만글체
10) 흘때 : 강물
11) 소리놀 : 음악

2부

# 별꼴 다 보겄네

삼천천변에 산책 나온 여편네 둘이 만나
사내놈 배 위에 올라탄 요부처럼 붉게 핀
장미를 바라보며 지껄이는 소리 재밌다

"벌건 대낮 한복판에 흘레붙은 뱀처럼
 부끄러운 줄도 모르고 뭔 짓거리여"

"세상이 싹 바껴졌잖어 봐도 못 본 척 혀
 젊응께 보기도 좋고 향기롭기만 허내 뭐"

오월은 돌도 향기 풀어 연애 거는 계절잉께.

# 홧김에 던진 돌

금산사 가는 길
금평호수 지나다가
발부리를 건 돌멩이를
홧김에 호수에 힘껏 내던지고
마음이 후련하다 싶은 짧은 찰라
쩡! 호수가 동그라미 그리며 맴맴
아픔을 호소하고 내 귓전을 깨무네
아차! 에토마시루* '물은 살아있다'
물에도 '의식' 있다고 아파하는 구나
깜빡 잊고 널 울린 날 용서해 줘 제발
핸드폰 열어 아름다운 음악 들려줄까?


* 에토시마루 : 『물은 답을 알고 있다』를 쓴 작가

# 육백세 신령

온고을 한옥마을 은행나무는
이조 육백년의 산 증인이다

조선에 불어온 무서운 피바람
육백년의 날선 칼바람 맞으며

가슴에 새를 날리고 푸른 잎잎이
쉼터에 그늘 늘여 길손 땀을 닦았고

관광객 몰려 새 한 마리 깃들지 않는
적막한 가지에 영혼을 묻고 세든 내가

육백년의 역사를 새긴 나이테 읽으며
조선의 나갈 길 알아보는 새뜻맘얼*

몸에 삭정가지 생겨 건강이 좀 걱정이었지만
젊은이 세들어 펄펄 힘이 솟구친다는 은행나무.


* 새뜻맘얼 : 창의정신

# 에스오에스

청국장처럼 자글자글 끓는 무술년 초복 오후
모악산 끝자락에서 날아온 긴급 에스오에스
부부가 애써 가꾸는 몇 평 땅콩 밭을 훔쳐
고라니 한 마리 헤집어간 간밤의 도난사건
여물 드는 땅콩 씹어뱉은 껍데기가 증거물
호미 든 아내와 삽 든 내가 어린 뿌리 살리려
땀 뻘뻘 황토를 파 두럭을 북돋아주고 있을 때
숨 막히니 쉬어가라고 그늘을 만든 소나무가지
그늘 스치며 바람 끝에 리듬 흘리는 밭머리 들꽃
고라니 때문에 세운 허수아비 춤은 나와 닮은꼴
꽃나무 가지에서 연주하는 아름다운 음악 소리의
어울림가락은 벌과 나비가 꽃에게 보내는 신호
여물 드는 땅콩 흙에게 안겨준 부부 흐뭇 웃네.

# 초복

불볕 불꽃에
토종닭 구이

잘 익은 뒷다리 살
안주에 맥주 한 컵

커! 시원하다 한잔 술
주춤 물러서는 무더위

중복 날 불볕에는
쌀밥 지어 먹으리.

# 그 여자

늘 빨아도 배고픈 찰거머리

한뉘
피를 빨고도
허기진 사랑

씨넋* 다 앗아간 여자.

* 씨넋 : 영과 혼

# 귀가

하루 일을 마치고
오랜만에 옛 벗 만나
술 한 잔 마시려다
버스비 아까워
걸어 다니는 아내 얼굴
문득 떠올라
술 생각 꿀꺽 참고
정읍사의 아롱디리
망부석의 아낙처럼
깊어가는 아내의 주름살
생각하며 집으로 가네.

# 고백

새벽 네 시면 일어나서
아내 따라가는 새벽기도
한 번도 죄인이라고 인정
하늘에 용서를 빈 적 없고
에덴동산에서 뱀의 혀에 속아
죄 진 아담이 조상이라는 것도
아담의 피를 잇는 원죄라는 것도
하지만 아내에게 지은 죄 뉘우치라면
모든 허물을 용서하고 보듬어 준다면
새벽마다 꿇어 엎드려 죄 짐 빌고픈
때 있었지만 이제 하나님께 다 맡기고
빈 마음으로 겸손히 엎드려 빌 뿐이네.

# 되새김질

종일 강둑에 매달린 암소
외로움을 곱씹는 되새김질
목뼈에 멍에 쓰고 살아가는
짓씹어도 풀리지 않는 자유
짐수레 끌고 쟁기질하는 나달*
힘들어도 견뎌온 뼈저린 운명
병든 몸 아픈 다리 절뚝거리며
울분 씹어 뱉고 넘는 서러운 고개
꽃잎 필 때마다 하늘 보고 웃으며
강물 흐름에 맡기고 고개 숙인 암소
소의 멍에 죽어야 벗겨지는 것인가
멍에를 씌운 사람은 죽어 없는 디.


* 나달 : 세월

# 섬진강 금두꺼비

두꺼비 섬(蟾)자를 쓰는 섬진강은 고려 우왕 십일 년 강 아래 물목에 쳐들어온 왜구를 금두꺼비군 수십만이 섬진나루에 나타나 울음으로 물리쳐 두치강을 섬진강이라 부르고 섬진강은 진안군 백운면 팔공산 데미샘의 물줄기가 흘러 예순 여덟 물줄기가 모여 갈담 저수지로 거기서 전북 전남 경남을 거쳐 광양만 앞바다에 이르는 총길이 이백십이 킬로미터, 강물은 맑은 물 고운 모래가 금빛으로 반짝이는 조선의 미래, 하동의 솔바람 흐르는 강물을 품고 수꿈*을 꾸는 두꺼비시인, 왜구가 남해안으로 쳐들어와 훔치려는 맑은 강물을 지킨 금두꺼비 군, 금두꺼비 군대는 문인 조헌이 전라도사로 있을 때 인연을 맺어 강나루에 진을 치고 울음으로 임진왜란 때 왜적을 물리쳤고 지금도 통일을 비손 광화문 촛불의 흐름 강물에 띄우고 묵묵히 지켜보는 비장의 군대일세.

* 수꿈 : 환상

# 가시버시

해 저문 길목
각시 따라 간
온 고을 저자
끌차에 끌려 졸졸졸
금빛 딱정벌레처럼
어물전 꼴뚜기 만나고
채소전 시금치 만나고
싸전 개화도 쌀 만나고
눈에 잡힌 막걸리 꿀꺽
각시는 싼거리 찾아 싸돌다
바나나 세일 긴 줄 꽁무니 잡아
한 푼이 새로운 우리 집 살림꾼
딱정벌레면 어때 임이 좋다하시면
끌차 끄는 순종의 십자가가 어떠리.

# 빈집

팽나무 높은 가지에
집 한 채 지어 살다가
새끼들 다 날려 보내고
어디 새집 짓고 있는지
까치소리 멀어진
빈집
미세먼지에 쫓겨
산중 빈집 월세 들려고
집주인 소리쳐 불러도
휘도는 바람소리뿐이네.

# 누에고치

뽕나무 푸른 잎
물큰 익은 오디

알알이 달디 단
젊음의 굴길 지나

일원상 선형에 어둠을 갈무리
은하까지 실꾸리를 풀어내는

뽕잎에서 하얀 실 뽑아 친친
집을 짓는 아내의 새벽기도

수천수만의 물결 잠재운 영혼의 집
깊은 숨 한 모금까지 담아가는 해탈.

# 홈런

한일 야구 쟁탈전
구회 말 투아웃 만루
4:2 지는 스코아
승자는 아직 오리무중
일본 측은 기교파 투수
튕기면 끊길 듯 긴장된
투 스트라이크 쓰리 볼
볼 하나면 끝나는 게임
타석은 한국 4번 홈런타자
활처럼 휘어져오는 커브볼
힘껏 받아쳐 장외로 날린
통쾌 상쾌 홈런! 홈런!
숙적 일본을 드디어 이겼노라
관중과 국민이 열광의 도가니
술동이가 동나고 만세 만만세
우린 드디어 일본을 이겼노라
당신은 이처럼 눈물 나는 소설,
시를 조마조마 읽은 적 있는가
우리가 뭉치면 무엇이 두려우랴.

# 마이산(馬耳山)

하늘 우러러 올리는
검돌부부의 묵상기도

얼마나 사무친 기원이기에
부처처럼 돌로 굳어있는가

머리 위에 꽃 피우는 것 보니
호흡이 살아 숨 쉬는 생명체

묵상기도의 거룩함에 감동
검돌부부와 하나 된 혼들

두 손 모아 한마음 한 뜻으로
빨빠른* 남북통일을 기도하네.


\* 빨빠른 : 조속한

# 청어바다

가끔 토라지는 바다와 삼십년을 살았지
남태평양에서 눈 뜬 여자 이름 가운데
사라도 있고 라나도 있고 나비도 있고
사나운 비바람 몰아치는 폭풍우 있었지
해무가 왼바다를 덮어 깜깜하기도 했지
분노가 일어나면 하얗게 하늘 높이 뻗친
성난 파도가 쾅쾅 가슴을 칠 때도 있었지
바다를 떠나 지구촌 곳곳 떠돌이로 헤매다
엇물* 흐르는 바다를 만나 서정시를 썼지
청어바다에 띠운 세월호에 얹힌 바람의 날개
멀리 날아오를까? 올올이 감긴 실꾸리 풀릴지.


* 엇물 : 감성

# 인력시장

세밑 눈이 내린다

새벽 네 시의 인력시장
모닥불 타는 깡통 속에
나무 조각 던져 넣으며
몇 십 명의 젊은 일꾼들
언제 팔릴지 모를 불경기에
겨울나기 시린 몸을 녹이며
불 쬐며 기다리는 느린 시간
털모자 푹 눌러 쓴 죄인처럼
짊어진 배낭 속 김밥 몇 줄은
가난한 아내 눈물을 싼 점심밥
캄캄하고 암울한 새벽 인력시장
불길 활활 살아나는 모닥불처럼
작은 불씨 살리려는 노동의 하루.

# 신기료장수

온고을 풍남문 지나 객사 가는 길
금방 사거리 구두 수선공 신기료장수
보릿고개 넘다 꾸부러진 몸속의 길
용한 한의사처럼 환히 꿰뚫어 안다
"구두 뒤축 닳아진 거 보면 금세
그 사람이 지나온 길이 환히 보여"
구두 뒤축만 보고 어찌 아는 것인지
"손님은 왼쪽 어깨가 허리 오른 다리를
받치며 신경을 건드려 쑤시고 아픈 거야"
새끼 먹이는 어미 새처럼 달려온 고비길
무수히 갈아 치운 구두 뒤창 몇 개였던지
늘 바쁜 몸 갈길 안갈 길 끌고 다닌 구두
정 들인 뒤창 버릴 때면 울컥 맺힌 눈의 이슬
어깨에 멘 짐 내려놓고도 신경 들쑤시는 허리
꿰뚫어보던 신기료장수 찾아도 그 자리에 없다.

# 귓것[1]

도둑고양이, 쥐새끼 잡이 널 조선의 경찰공무원으로 임명하노라

수만리 어둠 깊어지는 축시에 밤의 주름을 밟고 슬며시 나타나
쓰레기봉투 찢어발기는 날카로운 발톱은 쥐를 잡는 비장의 무기,
고양이 눈의 불꽃 두려워 어둠 속 빈자리 슬며시 달아나는 귓것,
증거물을 찾는 수사관처럼 쓰레기봉투 헤쳐 증거물을 찾는 수
사관
늦은 귀가 허출한 배 채우고 쓰레기봉투에 쑤셔 박은 닭 뼈다귀
구린내 쫓아 눈에 띄면 바람처럼 달려가 목줄 낚아채는 칼끝사냥
쥐의 저승사자여, 쥐새끼 설치는 조선 땅 민주주의 정신 잘 지
켜라
자유로운 나라 잠 못 자게 천정 박박 긁어대고 괴롭히는 쥐새끼
지게지고 사는 민초 등골 빼먹고 누리마당을 어지럽히는 쥐새끼
세상을 속이고 도둑질하고 음탕하여 게염불[2] 활활 피우는 쥐새끼
이제 어둠속에 숨지 말고 당당히 나서서 모든 죄와 허물 밝혀라
경찰 도둑고양이여, 법이 감히 묻지 못한 죄까지 다 캐내 물어라
거리의 질서 어지럽히는 못된 쥐새끼들 모조리 잡아 씨를 말리라.

---

1) 귓것 : 귀신
2) 게염불 : 게거품 같은 욕망

# 파도소리

울컥울컥 파도소리 높은 바닷가
횟집 수족관에 갇힌 바다의 자식들
회칼로 살가죽 벗기고 포를 떠내고
매운탕 펄펄 끓여내는 바다 뼈다귀
바다가 보는 앞에서 우려낸 바다를
아작아작 씹어 삼키며 건배하는 인간아
한잔 술 가벼운 속 풀이에 낯붉힌 노을
성난 파도는 성깔 못 이겨 가슴을 치다
푸른 멍 가슴에 피가 도져 숨결 몰아쉬고.

# 바다 사냥꾼

자산어보에 빈 하늘 까마귀 잡아먹는다하여 별명 오적, 오징어는 척추가 없어 물고기에 끼지도 못하고 명이 짧은 난류성 한해살이

타원형의 몸통 긴 지느러미 한 쌍은 헤엄치며 달리는 젯트 엔진

수정체가 둥근 눈은 넓은 데를 다 보지만 거리감 없는 게 흠이다

저인망 그물을 슬쩍 비껴가는 영민하고 빠른 움직임의 싸움꾼 오적,

바다 물비늘에 주파수처럼 물결 일으켜 느낌으로 먹잇감을 잡는 오적,

먹잇감을 낚는 두개 촉수가 초속 이백오십미터 가속이 붙는 빨빠른 오적,

열개의 다리 외투자락 펄럭이는 춤바람에 바다가 춤 추는 기막힌 춤꾼 오적,

적을 만ㅏ 목숨이 위태로우면 먹물을 풀어 물길 흐려놓고 금세 사라지는 오적,

삼십 만 립 알주머니 수초 밑에 붙이고 말미잘더러 잘 지키라 이르고 죽는 오적,

고아가 된 새끼들 너른 바다로 나가다가 잡히고 산목숨만 펄펄 바다를 누비는 오적,

바다에 낚시 드리운 집어등 타오르는 불빛에 춤추려고 달려가
는 낭만파 신사 오적,
울릉도 덕장 하늘 높이 걸려 해풍에 붉은 피로 다시 사는 오적
의 당당한 외침소리
"십자가에 달린 예수처럼 시인의 술안주로 짝짝 찢어진다 해도
나 죽어 거듭나리."

# 왕따! 순우리말

갓밝이=해뜰참, 거룩책=성경, 게염눈=욕망, 한얼맘=한겨레정신,

골온찰=일만번, 곳품=공간, 귀염물=애완용, 글놀=시, 읊놀=시조,

꽃내=향기, 나들손=길손, 달구름=세월, 누리공=지구, 새뜻=창의,

더럼몬=오물, 때품=시간, 떨잎=낙엽, 마음뜸=심상, 맘우레=감동

바람방울쇠=풍경, 사랑탈=상사병, 빛때깔=이미지, 빈업바리=허무,

싹쓸바람=태풍, 썪미친바람=광풍, 생김살이울=생태계, 꽃동이=화분,

여름지이=농사, 맘글놀=서정시, 야기풀=소설, 맘바람=소망 등등


임금 세종이여! 조선 백성을 긍휼히 여겨 지은 나랏말 지키지 못한 허물

용서 하소서. 콜로라도 강 물고기가 중국 베스에 먹혀 사라져 간 것처럼

순우리말이 들온말에 밀려 숨어간 한 어찌하오리까. 왕따! 순우리말을.

# 층간 소음

노부부 아파트 위층 이삿날
밤늦도록 천둥치는 소음

꾹 참았다

다음 날 밤
쿵쿵 천장 무너지는 소음

꾹 참았다

또 다음 날 밤
쿵쾅 쾅 잠 깨우는 피아노소음

꾹 참았다

그 다음날 밤도
컹컹컹 귀염둥이 개 짖는 소음

꾹 참았다

미래의 주인인 어린이의 목소리
쿵쿵 울림소리 음악처럼 들었다.

# 섞미친 바다*

섞미친 바다에 침몰한 고기잡이배
남편의 넋 건지려 해원경 읽는 무녀
먼 바다 간 고기잡이 만선 깃발 달고
물에 잠기는 고기 상자 무게가 풍랑 맞아
섞미친 바람에 휩쓸려 침몰한 유자망 어선
선장이 타던 배 조각 붙잡고 우는 아낙네
독경소리 높이 바다와 땅을 묶은 흰 광목천
암탉으로 대명 원귀 풀어주는 한풀이 굿.


* 섞미친 바다 : 광풍 부는 바다

# 경기전 대바람소리

경기전 앞뜰에 선 올곧은 대나무는
조선의 왕들을 받들어 모시는 신하
토요일 오후 영정 앞 옷깃을 여미고
선조 임금께 머리 조아려 아뢰었다
"왜구를 불러온 당시 당파싸움과
여의도싸움 누가 더 설쳐대는지요"
선조께옵서 고소를 머금고 한 말씀
"수제비 하나 더 뜨는 여의도 싸움
예까지 들려 밤잠을 설치느니라"
참담한 백성 부끄러워 무릎 꿇었소.

3부

# 고구마여름지이<sup>*</sup>

지난해 누런 흙을 품고 자란 가을걷이 고구마는
얼굴도 빼어나게 예쁘고 아사삭 깨물면 다디단 맛
올해 물찬 밭 찰흙을 품고 자란 가을걷이 고구마
얼굴은 곰보지고 쭉 째지고 콱 깨물면 맹맹한 맛을
밑거름 안준 밭 때문일까 아니면 고구마순 때문일까
굼벵이가 파먹은 계곡을 칼로 도려내고 남은 살점이
아까워 꼭꼭 씹으며 저물어가는 들길 따라 돌아오며
생각하는 아버지 앞에 두 손 모아 기도하는 가로수.


＊ 여름지이 : 농사

70

# 고려청자

고려 사람의 얼
푸른 선의 예술

고운 무늬의 상감기법
신비 비색을 띤 유약

모란 국화 향기를 물고
하늘로 날아오르는 선학

어둠을 헹궈내는 푸른 영혼
햇살 머금은 연둣빛 물방울

고려의 깊고 그윽한 예술정신
선현들 걸어간 새뜻한 발자국.

# 풀잎

풀잎이 우는 건
바람 까닭 아냐

마른 잎 털어내는
바람 끝에 맺힌 서러움
뿌리 채 흔들리는 씨넋덜*

풀벌레
서럽다 울어 싸니
함께 운거야

가을이니까.


* 씨넋덜 : 영혼

# 떨잎

꽃가마 타고
산 너머 먼 길
생과 이혼한 여자
바람 끝 낙엽 따라
적막한 시간 속으로
상여소리 멀어지네.

# 날치

푸른빛 긴 가슴지느러미 활짝 펼치고 새가 되어 나는 물고기를 아는지
단번에 십 미터 때때로 사백 미터나 총알처럼 하늘을 나는 놀라운 비행술
여름철 바닷말에 알을 까 주둥이가 짧고 눈이 큰 어린 새끼로 태어나는
날씬하고 긴 몸매 등과 등지느러미가 푸르고 배와 가슴지느러미가 흰 날치
두 개 반달 모양 하나가 긴 꼬리지느러미, 몸길이 삼백오십 미리 작은 물고기,
태초부터 하늘 높이 날아보려고 진화를 거듭했지만 십초의 벽을 못 깨 한 맺힌,
빛보다 빠르게 바다를 끌고 유성처럼 하늘높이 나는 날 반듯이 오고 말 거야.

# 수꿈

물새 한 마리
섬진강을 건너는
푸른 꿈의 오솔길
바닥 비치는 골물에
흐르는 아카시아 향기
산을 흔드는 소쩍새 소리
지금껏 보지 못한 그림바리[1]
사람의 발길 닿지 않은 시의 땅
시간 끝에 매달린 어둠 발 왈칵
밀려오는 산골 고단한 수꿈[2] 쉬어갈
암자에 든 길손 묵상의 깊은 강물소리.

1) 그림바리 : 풍경
2) 수꿈 : 환상

# 넋풀이 굿

큰 풍랑의 바다 만나
휩쓸려간 집 기둥뿌리
넋을 건지려는 넋풀이 굿
조리가 건진 정인의 머리카락
수탉 빌어 귓(鬼)것 씌워 날리고
징 장구 꽹과리 쳐올리는 넋풀이
집일랑 걱정 뒤돌아보지 말고 미련 없이
맺힌 한 풀었으니 꿈엔들 나타나지 말라
천지신명께 넋풀이 기원 올리는 아낙네.

# 까치

농사꾼 등골 빼먹어
농사 망치는 떼 까치

막 갈아엎은 밭 두럭
정성들여 묻은 땅콩 알

주인이 잠시 빈틈 노려
살짝궁 훔치는 양산군자

도둑까치 지키려 세운 허수아비
허수아비 춤을 가르치는 갈바람.

# 게염불

한낮의 바닷가
밀려오는 게거품
밀물썰물 때마다
푸른 파도 앞에서
시간의 허상 붙잡고
짠물의 바다를 켜며
푸른 꿈 버리지 못한
게거품 무는 그림자.

# 가을

갈바람 시린
아낙의 창가에 앉은
청승맞은 귀뚜라미야
널 버리고 간 비정한
사내의 창문 두드리며
따지든지 괴롭힐 것이지
왜 애먼 사람 피 말리는가
뼈 시린 가을 찬바람 끝에서
불에 타 숯이 된 오동나무처럼
아낙네 가슴 새카만 숯이 되네.

# 배추벌레

푸른 잎에 숨어 간
배추벌레 숨바꼭질

배춧잎 샅샅이 훑어가는
돋보기 쓴 날카로운 눈빛

배추 색으로 몸을 싹 바꾸고
어둠 오기까지 숨죽이는 도둑

배추벌레처럼 숨기는 도둑의 버릇
끝내 찾아 들춰내는 여경의 눈초리.

# 위봉폭포

위봉산 꽃길 산성의 정기가 흘러
위봉사 종소리 만나는 어울림 소리
기암절벽 물소리로 가락을 빚다가
까마득한 벼랑 아래 투신하는 결단
낙화암 비명처럼 비장한 울림이여
기억의 골짜기 맑은 물결로 흐르다
메마른 영혼 적셔가며 흘러내리네.

# 온고을 팔경

할머니 옛이야기가 기린봉을 넘는 기린토월

임께서 쏜 화살 기다리는 전주천의 다가사후

대바람소리에 기러기 나는 경기전 비비낙안

만경 끝자락 잡고 고시조 읊은 한벽루 한벽청연

남고산성의 한 맺힌 백제의 종소리 우는 남고모종

푸른 바다 걷는 부처님 온고을 살피는 덕진채련

위봉사 종소리 안고 소에 떨어지는 정화수 위봉폭포

돛단배 하나 띄워 하늬바람에 물소리를 빚는 동포귀범.

# 점을 치는 별

써레질 끝나고 괭이로 해토 풀어 고른 논
닭 울기에 앞서 일어나 모 쪄 뿌려둔 봉구
동쪽은 아버지 서쪽은 이장님 못줄을 잡고
모심기 맨다랭이 논물 찰랑찰랑 미끈미끈
발목 잡고 잘 안 놓는 진흙에 모를 꽂으며
점치는 좀생이별이 어떤지 왕구네가 묻는다
"올 좀생이별이 나란히 섰등가 달 앞서등가"
칠구네는 모는 모대로 심으며 엎드린 채로
"좀생이별 한자 떨어져 달 뒤따르긴 하등만
별이 달을 앞선다고 흉년이사 들라디야만"
좀생이별이 달을 앞선 어느 해 흉년이 들어
애들 먹을 것도 못 건진 아픔을 떠올린 왕구네
"그놈의 별은 흩어져 갖고 잘 찾아지지 않등만
여섯 개로 뵈지만 백이십 개 별무리라 하등만"
맨다랭이 모심기 끝내고 한 섬지기로 가기에 앞서
새참 나와 목마른 일꾼들 막걸리 한잔씩 켤 때
뻐꾸기 울어 피운 찔레꽃 산새소리에 꽃잎지네.

# 소설

소설을 쓴 서리
행간을 스치는
가을바람
빛때깔1) 노랗게
낙엽 지는 야기풀2)
떨리는 체감온도 영도
추워 땅 구멍 찾는 목숨들
조선 땅에 눈이 올 분위기
한옥마을을 쓸어가는
경기전 대 바람소리
숨찬 오선지의 소리가락
노동자의 피땀 어린 슬픈 음악
가을바람은 갈색 잉크를 찍어
찬 하늘에 상실의 소설을 쓴다.


1) 빛때깔 : 이미지
2) 야기풀 : 소설

# 시집가는 시집

시서가무를 고루 갖춘 예쁜 우리 딸
기른 정 때문에 시집보내기 아까워도
중매가 들어와 맞선 자리에 나가는 디
첫 번째 본 신랑은 잘 갖추어져 좋다!
그러기엔 지참금이 무려 삼백오십만 원
두 번째 본 신랑은 바람기가 보여 싫다!
그러기엔 지참금 이백만 원에 보너스까지,
한 달 월급 이십칠만 원 털어 시집보내려면
둘째 신랑을 골라 보내? 하루 이틀 살 것
아니니 빚을 내서 첫 번 째 신랑을 골라?
딸이 예쁘고 잘났으면 시집 가 잘 살리라는
믿음가지고 분수에 맞게 시집보내려는 마음.

# 높은음자리표

신 새벽 자람골*
홰 치고 운 닭

새벽 잠 깨운
높은음자리표

옛집에 귀를 세워도
그 목소리 안 들려

높은음자리표의 울음
한 번 더 듣고픈 디.

* 자람골 : 고향

# 진구사 상사미

팔공산 맑은 물방울이 무지개처럼
흘러 차츰 깊어지는 섬진강물

팔공산에 신비를 숨긴 천상데미
무지개로 미리내에 이르는 물길

데미샘은 데미네로 검시암내 들꽃
내리이야기 얽혀있는 진구사 상사미

푸른 넋으로 강물로 떠나간 불꽃 혼들
바다에서 짠물 만나 힘차게 파도치네.

# 영산강

사월의 아픔이 녹아든 영산강
사십여 호 사는 백호마을 강가
봄 꽃길을 다닌 시의 땅 나들이
봄눈 막 싹 튼 갓난이 복숭아꽃
꽃순 집어가는 임제의 후손더러
"뭣땀시 갓 난 꽃순 집어내는 겨"
"뭔 그러코롬 징헌 말씀 하신당가
꽃 많아불면 꽃낭구 무거 못 살지!"
문득, 뉴질랜드로 순 집힌 어린소녀가
낳아준 피붙이를 찾는 티브이 생방송
"나를 내버린 피붙이가 보고 싶어요"
보릿고개 너머 물결쳐 간 한 많은 사월
강물을 마하(摩訶)바다 짠물에 내다버린 영산강
비정한 어머니의 긴 흐느낌 들리데요.

# 마음을 비워야

오구년도 우리 땅을 휩쓸어 산과 바다 집을 무너뜨리고
난리 친 싹쓸이바람 사라호는 바람 한 점 없이 중심을
깨끗이 비운 까닭에 세상을 뒤엎은 괴력을 얻은 것
"마음을 비워야 하늘을 볼 것이라"
성경에 쓰였네.

# 가을비

가을비 내리는
자정 넘은 밤

마음의 창문 두드리는 소리
올 리 없는데 밤늦게 누굴까

나달이 바람 들어간 은행잎
노랗게 병든 마음의 창문을

먼동이 터 어슴푸레한 창밖
풀숲 나서는 풀벌레 발자국?

가을비 그친 하늘
별빛 초롱한 밤에.

4부

# 반딧불이

한마음으로 뭉쳐
촛불 든 시인들
새뜻[1]한 맘얼[2]로
천 리 먼 길 훨훨
광화문 광장에서
무주 구천동까지 날아와
맑은 하늘을 꿈꾸는
민주주의 불빛.


1) 새뜻 : 창의
2) 맘얼 : 정신

# 원죄

겨우내 땅속에 숨어 살다
누리마당을 나온 구렁이
풀숲 하얗게 허물을 벗고
강물 흔들어 목욕재개 강 건너
아이들 마당놀이에 슬쩍 끼고 싶어
슬며시 다가서다 돌멩이에 얻어터지네
'왜 나를 뱀으로 지으셨어요, 하나님.
태초에 조상이 무슨 죄를 지었나요.'

# 아! 대한민국

베트남에 장가간 큰아들
아들 하나 낳으라는 말에
"싫어, 우린 딸 하나로 좋아"

혼자 늙는 둘째아들 장가보내려
이웃집 늙은 처녀 선보라는 말에
"싫어, 난 혼자가 좋아"

이혼한 딸 더불어 살기 힘들어
재혼 하든지 나가 살라는 말에
"싫어, 할배랑 손자 함께 살래"

아! 대한민국의 미래여.

# 십자가의 길


오늘도 남자는
실컷 얻어맞는다

봄향 출렁이는 꽃동이
돌보지 못하고 굶긴 죄

바람의 날개 타고 꽃 나들이
술에 취해 나비처럼 춤춘 죄

끝없는 어둠속을 헤매는 긴장감
돈 안 되는 시간 끝에 매달린 죄

칼날 품은 말을 짓씹는 목울음
십자가 지고 걷는 황혼의 남자.

# 우물

자람골* 감뫼
옛집 울 밖
동리 우물

첫 새벽 뒤안길
물동이 인 새색시
휘날리는 다홍치마

새벽잠 깨운
물 항아리 가득
어머니 물 깃는 소리

배고픈 때 감뫼 우물물은
허기를 달래준 밥이있다.

* 자람골 : 고향

# 목어

지리산 자락
산사의 목어

나무아미타불
노스님의 불심

캄캄한 겨울 강 풀어 놓고
긴 잠 깨우는 불자의 목소리

온 누리 살이 빗듬* 깨침 소리로
생 사문을 여는 삼생의 일원상.

* 살이 빗듬 : 활유

# 우포늪 맘글놀[1]

일억 사천만 년의 숨사름[2] 글놀랑[3] 백로가
흰 점 하나 찍고 깊은 생각에 잠긴 우포늪

흰 구름 한 점 詩語처럼 떠있는 빈 하늘
글놀[4] 행간을 날아오르는 물새의 춤사위

새뜻[5]한 숨은빗듬[6] 신비로운 풀잎늪지
물억새 마름 자라풀 애기부들 창포…

붉은 단풍을 빚은 가을 글놀랑은 지금
우포늪에 머물러 무엇을 빚으려 하는지

바다건너 철새 떼 낱말 물고 날아오는 겨울 늪지
눈처럼 철새 떼 물비늘 지며 나는 춤추는 문장들.


1) 맘글놀 : 서정시
2) 숨사름 : 물사름처럼 숨이 살아나는 것
3) 글놀랑 : 시인
4) 글놀 : 시
5) 새뜻 : 새 + 뜻 = 창의
6) 숨은빗듬 : 은유

# 바람벽에 선 남자

욕망의 늪 헤매다가
바람벼랑 끝에 선
위태로운 남자
천 길 낭떠러지
추락하는 물소리
아슬아슬한 바람벽
쉼표 없는 지난시간
마침표 찍으려는지

바람벽에 선 우울증 남자.

# 패

푸른 오월
한 나라를 이끌
일꾼을 뽑는 바둑
불꽃 튀는 끝판 싸움
판세는 흰 돌로 기울어
검은 돌 던지려는 찰라
둥구나무 잎잎 흔들어
훈수를 두는 하늬바람
문득 번개처럼 떠오른 묘수
끝나가는 바둑 빈틈 보인 흰 돌
한 수에 돌의 사활 걸린 천지대패
바람소리 알아들어야 이기는 수싸움
기찬 패싸움에 흥미를 느낀 해님
나무그늘을 옆으로 살며시 밀었다.

# 사형

백 마리 넘는 염소를 기르는 아래 동서
염소 싸움에 잠깐 눈을 팔다 사고로 죽자
신고를 받고 달려온 경찰이 사고 경위를
알아보니 끌차 끌고 뒷걸음치다 벽을 만나
당황해 미처 멈춤 기어를 못 넣고 뒷벽에
끼어 마른오징어처럼 눌려 목숨을 잃은 것
아들은 염소를 사고 일으킨 살인마로 여겨
백 마리 넘는 염소를 모두 도살장에 넘겼다
기둥남편 길러온 염소 다 잃고 우울한 처제
"짐승이 무슨 죄가 있나 안전사고라던데."

# 강강술래

실타래 풀 듯
손에 손을 잡고
달빛 타고 강강술래

물레방아 돌리듯
자진모리 휘모리
돌고 돌아 강강술래

억울하고 기막힌 세월
한라산에서 백두산까지
달리고 달리자 강강술래

가난뱅이 매듭을 풀고
허리띠 풀며 힘차게 살자
풍년 들어라 풍년 강강술래

총각처녀 청사초롱 불 밝혀
고추농사 짓는 삼시랑 할매
둥실 떠라 보름달 강강술래.

# 개소리 마라


늦은 밤 섶마을*의 단잠
흔들어 깨우는 개소리

취직시험 그르친 수험생
개 주인을 걸어 낸 고발장

경찰도 막지 못한 개소리
땅땅 무죄를 선고하는 판사

개소리 마라 외치는 수험생.


* 섶마을 : 아파트

# 객사

온고을 충경로
조선 잠마루*

조선 선비덜 오간
때 묻은 대청마루

이조 오백 년 역사의
발걸음 소리 들릴 듯

역사 귀퉁이 열고 머문 먹구름
풍경 한 자락 쉬어가는 잠마루

풍남문 지나 나오는 예술의 거리
별들 내려와 지키는 역사의 쉼터.


* 잠마루 : 객사

# 바람방울쇠*

내소사 처마 끝
바람방울쇠

센바람 불어도
울리지 않는 종

스님이 좌선 성불해야
울리는 부처의 목소리

선정에 들어 마음을 비우면
심금을 울리는 바람의 종.

* 바람방울쇠 : 풍경

# 별 하나

갈대처럼 서걱거리는
별 하나

연둣빛 잎잎 맑은 하늘
물방울처럼 빛나는 사랑

좁혀지지 않는 거리에서
숨어서 비치는 별 하나

하늘나라에 올라가면
만날 수 있을지도.

# 새싹 틔우는 물방울

닷금* 낮은 음자리표
소리가락에 젖은 땅

생기를 불어 넣는 지휘봉
환희에 젖은 비바람소리

나뭇가지에 새싹 틔우고
꽃등처럼 매달린 물방울

비구름 몰리는 신비로운 연주
산과 바다, 마음 적시는 빗소리.


* 닷금 : 오선지

# 사미르강[1]

가시버시 사랑
강가에 컨 청사초롱
버들가지에 새긴 정
물결쳐 간 맘우렌[2] 첫사랑
똥물 흘려 잃어버린 삼십 년
"맑은 물 살리자" 외침소리로
맑은 물 출렁이며 돌아오는 디

아, 흘러간 사미르강 청사초롱.

1) 사미르강 : 만경장
2) 맘우렌 : 감동

# 고목

봄은 오고
꽃은 피지만
불어오는 바람
흔들리지 않는 나무
삭정이 지는 나이테.

# 선유도

바둑판에 놓인 바둑알처럼 군산 앞바다 섬들이 늘어선 고군산 열도가 한 폭의 풍경화. 섬 가운데 선유도는 선녀가 내려온 바닷가, 명사십리는 임금님 그리워 바위가 된 망주봉이 품은 모래 사장, 선유도 옛 이름은 군산도, 바다 건너온 도적떼를 막은 수군 진터 흔적이 조금 남아있는, 세종 때 진이 진포 지금의 군산으로 옮겨 옛 군산이란 뜻의 군산도가 고군산열도를 거느린, 군산 째보 선창에서 여객선 훼리호가 육지로 드나드는 유일한 뱃길, 비응도에서 변산반도까지 삼십삼 킬로미터 바다를 막은 아리울 방조제가 기네스북에 올랐고, 신시도 무녀도 선유도 장자도를 잇는 해상 도로 공사가 끝나 아리울로 이어지는, 고군산 열도는 지구촌 환상의 관광 명소로 태어나 아름다운 둘레길 이제는 섬이 아닐세.

# 석류

석류나무집 울안 꽃밭에서 암내를 풍기는 석류나무
저것 봐 쩍 벌어진 다리 새 붉게 쏟아지는 욕망
이글대는 열매 한 알 훔칠 기회만 엿보는 사내놈
훔치다 들키면 끌려가 감옥에 갇힐 게 빤한 몸짓
마음이 달아 질질 끌려가는 거시기 어쩌야 쓸까나
저것 봐 쩍 벌어진 다리 새 이글대는 유혹의 불꽃
미치겠다, 손만 내밀면 덥석 잡힐 축 늘어진 가지
주인 몰래 훔치면 내려다본 하늘에서 벼락을 칠까
잉걸불처럼 타오르는 암컷의 유혹 강한 마약이네.

# 설날 고향에 가고 싶다


설날이 와도 한 마리
까치가 울지 않는다는

세배 다니는
아이가 없는

까치집처럼 빈집
대바람소리 서걱이는

늙은이끼리 골마리를 까도
설날 고향에 가고 싶다.

# 옹이

흰 구름 쉼을 주는 지리산 천왕봉
깊은 생각에 잠긴 소나무 한그루

왼 쪽으로만 삐져 뻗은 가지
톱날에 잘려 피 맺힌 옹이

산 너머 날아온 접동새 한 마리
옹이에 앉아 슬피 우는 까닭은

옹이로 살아도 산소 뿜는 소나무
착한 마음의 넋을 기려 우는 것

바위 속 파고든 뿌리가 깊어도
빈 하늘 하늘소 소리 살떨리는

휘어지고 늘어져 멋진 한 폭의 동양화
뻗지 못한 좌측 빈 옆구리 늘 허전하다.

5부

# 세한도

소나무 둘
잣나무 둘
그려 놓고 산 추사의
어둑 캄캄한 귀양살이

제자 우선이 보내준 책 선물
고마워 늙은 소나무 어깨 위에
젊은 소나무 손가락을 올린 모습은
우선의 따뜻한 마음을 그려준 그림

무희처럼 춤을 추는 소나무 가지
추운 겨울나기 나비의 살풀이 춤
머리 희끗희끗 센 남자의 굵은 선
빈 하늘 게으른 시간을 그린 그림

먼 길 오신 손님 쉬어간 시원한 그늘
늘 푸른 가지에 산새 깃들어 울리고
"우선이 이 그림을 보게" 우선시상
신선의 가지에 시 한수 걸린 그림.

# 유리창

산수유 노랗게 핀 창문
하루에도 몇 번씩 걸레질
티 하나 없이 닦아 놓아도
미세먼지 날려 흐려지는 창
하나님 얼굴 보려는 마음에
늘 닦아도 흐려져 닦고 닦네.

# 적벽강

하바다[1]
쏠쏠바람[2]

각을 세운 높은 파도
적벽 치는 분노의 바다

무수히 얻어맞아 멍든 적벽
왜 분노를 멈추지 않는가

하바다
파도여.


1) 하바다 : 서해
2) 쏠쏠바람 : 폭풍

118

# 철새

바다 건너 온
겨울철새 떼
날아 내린 금강하구

새가 묻어와
번지는 독감
땅에 묻히는 가축들

울음을 삼키던 금강의 철새 떼
동트는 새벽 강에 어둠을 묻고
시린 바람에 울컥, 서럽게 운다.

# 싹쓸바람[1]

남태평양에서 잠을 자다가 조용히 눈 뜬 암이[2] 새
이름은 사라, 바다를 흔들고 하늘을 쥐어뜯었다
하늘은 피처럼 비가 내리며 우렁우렁 울부짖었고
바다는 온몸 뒤집히고 철썩 철썩 엎어터지며 소리치고
바다를 건넌 사라호 북진 중 저기압 만나 새 힘 받고
힘이 뻗쳐 묏등 나뭇가지를 찢고 산을 허물어뜨리며
미친 듯 소리치고 날뛰더니 해가 떠 밝은 햇빛 비치니
못 이긴 척 물러갔다 지붕이 날아가고 살림이 박살 나
가시버시 금슬에 큰 상처를 새긴 진저리나는 싹쓸바람,
생각만 해도 뜨끔뜨끔 상흔 도져와 쑤시는 삶의 회오리
살면서 혹시 싹쓸바람 만나면 삼십육계가 사는 길이다.

1) 싹쓸바람 : 태풍
2) 암이 : 여자

120

# 나비의 꿈

칠십 몇 년 죽은 나이에
살아 갈 나이를 생각하는
치매 끼 있는 머리가 잠깐
망각의 나라 나들이 간 사이
오월에 피워 올린 꽃잎 바탕에
뼈대를 세워 환상의 집을 짓고
늘그막 혼방 차린 나비의 단꿈
죽은 나이테를 지운 망각의 치매.

# 사는 게 죄뿐이니

목사님 말씀은 성경대로 옳은 말씀
술 마시지 말라 담배 피우지 말라
노래방 가지 말라 춤도 추지 말라
하지 말라는 것이 다 성경에 있는 말씀
소설 쓰는 난 들을 때마다 마음이 뜨끔
죄 짓는 게 다 소설 소재라고 달려가는
저자마당 거리마다 삶의 몸짓 죄뿐이니
깨달음 얻은 원효 남루 벗어던지는 것처럼
죄 짓는 놈 못 놓는 하나님 허허허 웃지요.

# 쑥대머리

쑥대머리 노래는 술 취한 아버지의 지정곡
소리마디 한 소절 높여 "쑥꾹" 꺾어 부른
별난 가락에 성질이 나는 어머니의 노래는
"어째 쓸까 어째 써 술독에 사니 어째 써"
술 취해 부르는 내 노래는 이미자 목소리
그리움에 울다 발갛게 지친 "동백 아가씨"
상큼한 바람으로 누룩을 빚은 술 익는 마음
사랑가 빚으려다 서글퍼지는 애달픈 소리놀.*


* 소리놀 : 음악

# 천 년의 뿌리

천 년 세월
푸른 숨결

고려가 심은 뿌리
천지지기(天地之氣)

하늘 우러러
영험한 나무

나이테의 소리가락
내소사 바람방울쇠*

땅맘 길어 올리는
천 년의 비손이여.


* 바람방울쇠 : 풍경

124

# 백설마을

눈 오는 마을
찍힌 길 지우며
펑펑 내리는 눈
점점이 눈 위에
찍힌 짐승발자국을
깨끗이 지우며 오는 눈
길 잃은 백설마을에
누가 처음 길을 열며
발자국을 찍을 것인가.

# 아, 신라의 달밤

꽃이 나비를 희롱하는 봄날
미투 무서워 술을 끊은 벗들
연탄불에 펄펄 끓는 청국장
출출해 막걸리 한 사발 나눌
사람 없는 낙엽 지는 황혼녘
술집골목 지나서 추억의 거리
개울가 버드나무 늘어진 주막
청양고추 된장 듬뿍 알싸한 맛
막걸리 한 사발씩 들이켠 벗들
유행가 가락에 흥얼댄 주막거리
불국사의 종소리로 묻어간 세월
막걸리 잔에 끌려온 미투의 여자
건드리고도 괜찮은 이름 없는 작가
꽃이 나비를 희롱하는 모습을 찍는
숨은 눈 몰래카메라가 없던 그 옛날
술 취해 부르던 아, 신라의 달밤이여.

# 금강하구언

백제 삼천궁녀들 새 춤을 추며
겨울바다를 건너오는 금강하구언
나당연합군에 썰물처럼 밀린 백제
유민의 혼령 서걱대는 갯벌의 갈대
겨울이면 먼 나라에서 빈하늘* 건너
금강 하구에 날아 내리는 겨울철새
춤추는 모습 삼천궁녀와 다름 아닌
짠물만나 파도치며 흘러간 백제 천 년
철새의 춤을 익힌 백제의 삼천궁녀들.


* 빈하늘 : 허공

# 술꾼

술 취하지 마라
죄니라
족집게로 콕 집어
꼭 들으라는 것처럼
찌르르 감전시키는
하나님 말씀에도

지옥행 차표를 쥐고
술에 취하는 술버릇
간이 부어도 술을 찾는 술꾼.

# 춘향이 그네

춘향이 놀던
그네에 앉아

보일 듯 말 듯한
담장 너머 아가씨

대문 한번 못 두드린 것은
눈 부라리던 개놈 때문이야

요천강 물결 무심히 흐르는
옛 사랑이 그리워 찾은 그네

갈까 말까 옛 추억 더듬으며
그네 타다 무지개탄 임을 보네.

# 눈빛골*

눈 내리는 모악산
무릎까지 덮는 눈
산중 헤매는 토끼처럼
눈 내려 길 잃은 젊은이
눈길을 헤매고 있네.

* 눈빛골 : 눈 내린 골짜기

# 첫 눈

첫눈이 오면
눈물이 글썽

눈이 큰 아이랑
굴린 눈사람

숨을 쉬는 사람처럼
눈사람을 사랑한 아이

첫눈이 오면 눈물 글썽
눈처럼 맑은 아이.

# 해설

---

## 일편단심의 우리말 시인

국정(菊亭) 최옥순(崔玉順)

(시인, 수필가)

# 일편단심의 우리말 시인

국정(菊亭) 최옥순(崔玉順)
(시인, 수필가)

　김종선 詩人은 시집 『바다를 가슴에』(1997), 『고추잠자리가 끌고 가는 황금마차』(2019), 『가슴에 섬 하나 올려 놓고』(2011), 『높디맘 토박이말 사랑』(2014)을 펴냈고, 제5집 『바다 사냥꾼』을 상제한다.

　김종선 詩人은 순수한 우리 토박이말을 찾아 쓴 시집을 3권이나 펴낸 우리말의 달인이다. 詩人은 죽은 말에 입김을 불어 넣어 숨 쉬게 하는 신통력을 지녔다.

　우리말을 사랑하는 마음으로 이미 있는 말을 찾아내 새로운 말을 만들어내는 말의 신이다. 우리말이 들온말에 밀려 수모를 겪고 있는데도 고어로 몰아내치는 문인을 만나면 슬프다고 시인은 말한다. 하지만 일편단심 우리말 시인으로 남아 토박이말 시를 쓰려고 노력하는 모습이 인상 깊다.

대자연의 오묘한 理致를 연구 다양한 기법의 어법 안에서 시를 꿈꾸고 문법의 울타리를 허물며 밖을 향해 그는 달린다. 시인이 부리는 병사는 말이 모인 모임체다. 시인의 삶 자체가 詩가 되고 노래가 되어 바람처럼 독자들에게 은근히 다가와 마음의 창문을 두드리는 가락이다.

김종선 詩人처럼 순우리말 시인은 맘의 얼을 바쳐 나라의 혼을 살리고 겨레의 얼을 지키는 초병이며 나라의 지킴이다. 그는 신의 울타리를 뛰어넘는 언어의 연금술사다. 하지만 이번 시집은 쉬운 시를 쓰고자 했다고 '시인의 말'에서 시인은 시사했다.

김종선 시집 『바다 사냥꾼』에서 몇 편의 시를 골라 감상해 보고자 한다.

자산어보에 빈 하늘 까마귀 잡아먹는다하여 별명 오적, 오징어는
척추가 없어 물고기에 끼지도 못하고 명이 짧은 난류성 한해살이
타원형의 몸통 긴 지느러미 한 쌍은 헤엄치며 달리는 젯트 엔진
수정체가 둥근 눈은 넓은 데를 다 보지만 거리감 없는 게 흠이다
저인망 그물을 슬쩍 비껴가는 영민하고 빠른 움직임의 싸움꾼 오적,
바다 물비늘에 주파수처럼 물결 일으켜 느낌으로 먹잇감을 잡는 오적,
먹잇감을 낚는 두개 촉수가 초속 이백오십미터 가속이 붙는 빠빠른 오적,
열 개의 다리 외투자락 펄럭이는 춤바람에 바다가 춤추는 기막힌 춤꾼 오적,
적을 만나 목숨이 위태로우면 먹물 풀어 물길을 흐려놓고 금세 사라지는 오적,

삼십만 립 알주머니 수초 밑에 붙이고 말미잘더러 잘 지키라 이르고 숨진 오적,

　고아된 새끼들 너른 바다로 나가다가 먹히고 산목숨만 펄펄 바다를 누비는 오적,

　바다에 낚시 드리운 집어등 타오르는 불빛에 춤추려 달려가는 낭만과 신사 오적,

　울릉도 덕장 하늘높이 걸려 해풍에 붉은 피 다시 사는 오적의 당당한 외침소리

　"십자가에 달린 예수처럼 시인의 술안주로 짝짝 찢어진다 해도 나 죽어 거듭나리."


　—「바다 사냥꾼」 전문


　바다살이 오징어는 태어나 일 년을 살다 죽는다. 짧은 삶이지만 생존하기 위해 싸우는 오징어의 한살이가 인간 세상에 던지는 삶의 의미를 김종선 詩人은 몇 줄의 시로 읊조리고 있다. 바다 속 오징어의 삶은 잠깐이지만 춤을 추며 삼십만 립의 많은 알을 낳아 살려내려고 애쓰는 눈물겨운 노력을 김종선 詩人은 주목하여 시를 썼다.

　"외투자락 펄럭이며 추는 춤바람에 바다가 춤추는 기막힌 춤꾼오적,"

　오징어는 낭만이 있는 춤꾼이며 생명이 위태로울 때 먹물을 풀어 지키는 지혜로운 사냥꾼이다. 오징어의 삶을 생각하는 시인을 보면 사사로운 삶에 사로잡히지 않는 십자가 정신이 깃든

詩의 진수가 잘 내다보인다.

부정적 측면이 아니라 삶의 덕목의 하나인 시적감성을 일깨우는 詩 그 밑바탕은 기독교 희생 즉 밀알 정신으로 승화된 시인의 정서가 녹아 함축된 삶의 이정표이다.

생명이 없다면 아무런 가치도 남기지 못하는 쓸데없는 말장난이지만 자연의 근본 관계가 원동력이 되어 사람의 마음을 움직이게 하는 생명력 있는 시적 리듬에서 가슴 뭉클한 충격적인 울림을 주는 경험을 맛보게 한다.

마음속 깊이 숨겨져 있는 정서는 새벽달이 밀물 썰물에 몸을 푸는 바다처럼 먼 하늘 별들이 호수에 내려와 물비늘에 동그라미를 그리는 서정성이 깃들어 있다. 시와 노래가 공존할 수 있는 것은 美와 멋의 조화를 이룬 멋진 리듬이 있기 때문이다.

"물비늘에 주파수처럼 물결 일으켜 느낌으로 먹잇감을 잡는 오적"

"외투자락 펄럭이는 춤바람에"

詩의 상징과 은유를 잘 활용하여 바다의 정취를 나타낸 서정성, 파도치며 물때를 기다리는 섬처럼 밀려왔다 밀려가는 인간의 삶과 대비시킨 상징성 있는 구절이다. 춤추는 무희에 비유한 것은 오징어 춤을 아는 사람만이 만끽하는 은밀한 감칠맛을 전해준다.

객관성 신빙성 관찰력 있는 경험을 살린 다양한 시적 기법으로 묘사한 행간에 웅크린 시간들이 출렁이는 소리가락을 빚은 문장이다.

"낭만파 신사 오적"은 상상력의 한계가 명확하게 드러나지 않았지만 암시성을 말해주는 인간의 보편적 심성이 엿보인다. 바다 세상과 인간 세상에 무한대의 희망을 안겨 주고자 하는 끝부분 십자가의 상징은 개인이 살아낼 삶을 진솔하게 비유한 고차원적인 뜻을 품고 있다.

하늘 우러러 올리는
검돌부부의 묵상기도

얼마나 사무친 기원이기에
부처처럼 돌로 굳어있는가

머리 위에 꽃 피우는 것 보니
호흡이 살아 숨 쉬는 생명체

묵상기도의 거룩함에 반해
검돌부부와 하나 된 혼들

두 손 모아 한마음 한 뜻으로
빨 빠른 남북통일을 기도하네.

　－「마이산」 전문

「마이산」을 묘사한 詩는 마이산 석탑을 직접 답사하고 난 다음 쓴 詩로 보인다.
김종선 詩人의 詩를 이해하는데 많은 도움이 될 것 같아 서두에 마이산 답사에 대해 언급 하고자한다. 마이산 돌탑 정상에는 나무와 풀이 무성히 자라나고 있다.

산골짜기에 세워진 석탑을 한번쯤 가 본 사람은 애절함과 지극한 경이로움을 발견하게 된다. 신라왕조의 탑들과는 달리 천연석 그대로 이용한 돌탑은 심한 바람이 불어도 약간 흔들릴 뿐 무너지지 않고 있는 모습에 신비로움을 맛 볼 수 있다.

어려서 효성이 지극했던 이갑룡 처사는 이곳에 들어와 부모님을 생각하며 30년에 걸쳐 120개 석탑을 세웠지만 지금은 80개 정도 남아 있다. 시인은 그 모습을 보고 작가적인 세계관이 깃든 심미적 정서적인 마음을 詩에 실었다.

마이산 석탑을 방문하고 쓴 詩, 부부가 사랑으로 하나 되어 기도하는 돌이 "머리 위에 꽃 피우는 것 보니 호흡이 살아 숨 쉬는 생명체"라는 것은 사실을 읊은 것이다. 관찰력과 다양한 각도에서 보고 느껴 독자의 마음을 움직이게 하는 한 詩人이 그려내는 마이산의 진실을 파헤친 좋은 詩句다.

"두 손 모아 한마음 한 뜻으로"라는 뜻은 포용과 베품의 자리 즉 간절함에 苦도 難도 없는 苦樂을 超越한 하나가 된다는 큰 뜻을 읽을 수 있다. 자신을 완전히 비우고 생을 위해 영원한 어려움을 극복해야 한다는 것과 마음속에 있는 짐을 내려놓고, 하나의 마음이 되기까지 진정한 정성으로 최선을 다하여 가슴 한 구석에 무겁게 담아 둔 허물을 태우고 태운 詩人의 몸짓과 사무침의 구절 "검돌 부부와 하나 된 혼들"은 생명체로 숨을 쉬며 살아있는 돌탑과 詩人이 주인공이 되어 무엇인가 갈구하는 느낌이다.

"빨 빠른 남북통일을 기도하네" 詩人의 간절함이 그대로 참

모습으로 드러내 보이는 대목이다. 두 손 모아 남북통일이라
는 큰 기원이 담긴 소원을 비는 詩人의 깊은 詩心이 잘 묘사 되
어 있다.

삼월 하늘 빈들
노랑꽃 민들레는

잉태할 씨앗을 품고 훨훨 날아
빈 하늘 가득 채울 성령의 불

아주 먼 곳으로 날아가기 위하여
태풍처럼 센 바람을 기다리는 비손

한 알의 씨가 떨어져 뭇 생명 살릴 수 있다면
십자가 아픔으로 산산이 부서진들 어떠리

새 땅 새 하늘 거듭나 꽃 피우려고
길 뜨려는 선교사처럼 바람을 기다리네.

―「민들레」 전문


김종선의 詩 「민들레」는 사방에 피는 흔한 작은 꽃에 불과하
다. 하지만 시인은 보잘 것 없는 꽃으로 피어날 씨앗에서 성령
의 불로 승화시켜 희망과 꿈을 빚어내고 "산산이 부서진들 어떠

리" 고백하기에 이른다.

아무도 모르는 곳까지 날아가 살아남으려는 몸부림. 가슴을 쓸어내려야 하는 아픔과 희생의 십자가 정신을 아우른 성숙된 신앙심이 내포된 문장으로 주인공은 "길 뜨려는 선교사처럼 바람을 기다리네"라고 노래했다.

고독의 짐을 다 내려놓고 씨를 퍼뜨리려고 바람을 기다리는 시인의 깊은 내면에서 참 진리와 보이지 않는 자유로운 몸짓이 나타나는 詩 세계가 엿보인다.

시인은 때로는 만물을 다 깨우친 사람처럼 부동심을 가지고 詩想을 바라보는 눈이 평범한 사람과는 다르다. 한 줄의 시를 생각하며 지난 시간 결코 헛되지 않게 살아온 삶 자체를 詩에 담았다.

사랑과 생명수 흐르는 아름다운 詩의 행간에 삶의 기쁨이 깃든 김종선의 詩가 독자에게 전달하려는 것은 사랑이다. 민들레는 씨앗을 퍼뜨려는 생명력이 강하다. 生命力이 있고 사랑이 있는 것 보다 더 좋은 게 어디 있으랴.


참으로 아름다운 달 오월에 詩評을 써달라는 부탁을 받고 부족하지만 그러겠다고 흔쾌히 허락한 것은 묵묵히 창작활동에 매진하는 김종선 詩人을 잘 알기 때문에 거절 못하고 이렇게 書評을 쓰게 되었다.

김종선 詩人은 소설에도 재능을 보여 해양문학상 소설 부문 대상까지 받았다. 문학의 열정과 도전정신이 심금을 울리는 詩人이다.

제5집 시집 출간을 진심으로 축하하며 앞으로 더욱 문운 창성

하여 한국문단에 우뚝 솟는 詩人으로 문학의 미래를 밝혀줄 것
을 믿으며 글을 맺는다.

# 바다 사냥꾼

김종선 시집

발 행 처 · 도서출판 청어
발 행 인 · 이영철
영　　업 · 이동호
홍　　보 · 이용희
기　　획 · 천성래
편　　집 · 방세화
디 자 인 · 이해니 | 이수빈
제작이사 · 공병한
인　　쇄 · 두리터

등　　록 · 1999년 5월 3일
(제1999-000063호)

1판 1쇄 인쇄 · 2019년 7월 01일
1판 1쇄 발행 · 2019년 7월 10일

주소 · 서울특별시 서초구 남부순환로 364길 8-15 동일빌딩 2층
대표전화 · 02-586-0477
팩시밀리 · 0303-0942-0478

홈페이지 · www.chungeobook.com
E-mail · ppi20@hanmail.net
ISBN · 979-11-5860-666-4(03810)

이 도서의 국립중앙도서관 출판시도서목록(CIP)은 서지정보유통지원시스템 홈페이지
(http://seoji.nl.go.kr)와 국가자료공동목록시스템(http://www.nl.go.kr/kolisnet)
에서 이용하실 수 있습니다.(CIP제어번호: CIP2019023207)

후원 : 문화체육관광부　　전라북도　　전라북도문화관광재단

본 사업은 (재)전라북도문화관광재단의 지역문화예술육성지원사업의 지원을 받아 진행
됩니다.